CENA 2

A VIAGEM A GANÍMEDES

INTERLÚDIO

O grupo pode usar a viagem a Ganímedes como um Interlúdio, dando chance de desenvolver relacionamentos, além de reunir informações prévias sobre a Ganímedes. A viagem vai durar pouco mais de uma semana numa velocidade padrão de 0.3g, então há tempo suficiente para procurar todas as informações que conseguirem. O grupo vai precisar fazer um vasto trabalho de campo quando chegar na estação, como descrito na **Cena 1** da **Parte 2**.

Qualquer jogador que passar um tempo lidando com o atraso de transmissão entre a nave e a Ganímedes pode fazer um teste de **Inteligência (Pesquisa) NA 11** para vasculhar registros públicos e encontrar mais detalhes de Thomas Katirci. Com um sucesso, ele encontra um apartamento no nome da TKO Controladora, uma empresa-mãe que, em algum momento, os personagens vão descobrir que está ligada a Katirci. Eles descobrem também que a TKO possui diversas transações imobiliárias no seu nome, com alguns indícios de que nem todas são completamente legítimas.

Os personagens com Antecedente policial ou criminal podem fazer um teste de **Comunicação (Investigação) NA11** para descobrir parte do histórico suspeito de Katirci e da TKO. Com um sucesso, é revelado que Katirci tem ligação com os Loca Greiga, uma organização criminosa volátil envolvida com drogas, prostituição e extorsão em todas as estações, luas e planetas do sistema. Ele nunca está diretamente conectado a esses crimes, mas é praticamente certo que as transações imobiliárias são operações de lavagem de dinheiro. Se ele for um dos responsáveis pela lavagem de dinheiro da organização, faria sentido ser tão discreto. Se houver uma falha com uma diferença maior que 5, Katirci e a Loca Greiga saberão que estão sendo investigados.

CENA 3

ATRACANDO NO PORTO

ENCONTRO SOCIAL/DE EXPLORAÇÃO

O porto de Ganímedes é bastante movimentado, e é controlado e protegido rigidamente pela Marinha da República Parlamentar Marciana. No momento, os marcianos estão conduzindo treinamentos na região, então o tráfego está bastante lento por causa da segurança extra. Por não terem o tipo de papelada oficial necessária para agilizar a burocracia, os personagens terão que optar entre esperar 48 horas para conseguir atracar — e pagar uma taxa fixa de ancoragem de Custo 13 — ou procurar um caminho mais rápido para a lua.

O jeito mais fácil de agilizar as coisas é Tagalerar ou Subornar um controlador de voo. Por causa das medidas de segurança rigorosas, os personagens que desejam realizar uma dessas ações necessita de um sucesso em um teste de **Comunicação (Barganha) NA 13**. Um sucesso garante uma redução do tempo de espera em 24 horas, mas uma falha estende o tempo em mais 24 horas enquanto o grupo é interrogado e a nave é revistada por oficiais ofendidos e desconfiados. Oferecer um suborno aumenta a dificuldade do teste para **NA 15**, mas obter um sucesso reduz o tempo de espera para apenas algumas horas.

Os personagens que possuírem o talento Contatos ou alguma conexão com a MRPM ou com o governo de Ganímedes pode fazer um teste de **Comunicação (Etiqueta) NA 11** para agilizar as coisas por um meio mais legítimo, sem deixar o grupo exposto à desconfiança e retaliação.

Os personagens que quiserem usar contatos criminosos poder contatar Fiona Ivashin, uma contrabandista que mantém uma área de pouso remota conectada à cidada através da ferrovia de manutenção. O valor para usar essa doca é ainda maior do que o valor do porto (Custo 15), mas eles podem atracar imediatamente e fugir da alfândega, caso estejam envolvidos com o contrabando de amostras biológicas para fora da lua.

CENA 4

UMA ADVERTÊNCIA

ENCONTRO SOCIAL/DE AÇÃO

Se os personagens foram detectados pela organização por meio da investigação na **Cena 2: A viagem a Ganímedes**, um grupo de três capangas armados da Loca Greiga os abordarão no porto, na parte externa da doca onde a nave atracou. Os três capangas não têm medo de lutar, mas receberão ordens apenas para ameaçar os personagens nesse momento.

Três cinturanos musculosos estão impedindo o caminho de vocês, dois homens e uma mulher. Os três estão usando uniformes de trabalhadores do porto, mas exibem escancaradamente tatuagens ligadas à organização criminosa Loca Greiga. Um deles dá um passo a frente e mostra alguma coisa de dentro do bolso do macacão.

— Ei! Onde cês pensa que vão, cara? — pergunta ele com um sotaque cinturano cheio de gírias. — Se cês quer sair da doca, cês vão ter que passar pela segurança. Passar pela gente, tá ligado?

Consulte a tabela do **Capanga Loca Greiga** no final da aventura. Os três capangas exigem que os personagens falem o que vão fazer na cidade e para eles passarem longe do bloco residencial 16, onde fica o apartamento de Katirci, alegando ser território da Loca Greiga. Eles também exigem uma "taxa de manutenção da doca" de Custo 13. No lugar do suborno, um personagem pode fazer um teste de **Comunicação (Enganação)** ou de **Força (Intimidação)** para convencê-los de que ou o grupo está sem grana ou é perigoso demais.

Caso a cena caminhe para a violência, os capangas buscam cobertura atrás de uma geladeira expositora autônoma. A luta só termina quando um deles estiver Machucado ou fora de batalha. Eles fogem para avisar os chefes e pedir ajuda.

CENA 5

O CONTRABANDO

ENCONTRO SOCIAL

Um operador da APE na Estação Tycho oferece ao grupo a oportunidade de ganhar um pagamento extra se contrabandearem uma amostra biológica para fora da Ganímedes. Essa pessoa pode ser Kofi Luong, que estaria terceirizando o serviço para os personagens com o objetivo de ganhar um dinheirinho extra e incentivar as pessoas que estão ajudando sua família. Por outro lado, é possível usar um intermediário da APE chamado Vinicius Otero.

Independente da identidade do operador, ele dirá aos personagens que vai ser um tarefa tranquila. Um pesquisador de um laboratório na Ganímedes ofereceu vender vender embriões de porco congelados para a APE. Supostamente, essa raça de porco é tolerante à vida em espaços confinados e altamente eficiente em ganhar massa muscular com uma quantidade mínima de comida, tornando-os a opção ideal para criação nas estações. Se funcionar, isso daria à APE uma maneira de aumentar a produção alimentícia do Cinturão, além de renda extra pela carne de luxo.

O operador da APE tentará convencer qualquer membro do grupo que demonstrar ressalvas em relação a carregar amostras biológicas por medo de estar transportando, sem saber, alguma Protomolécula. Ele garante aos personagens acesso às conversas com o pesquisador na Ganímedes e pede para que abram o refrigerador portátil para conferir os embriões.

O operador oferece pagamento suficiente para aumentar os Recursos de cada personagem em +1, mas um personagem pode negociar para conseguir +2 Recursos com um sucesso em um teste de **Comunicação (Barganha) NA 13**. O operador avisa os personagens, apenas depois de aceitarem o serviço, de que eles precisarão ser discretos quando retornarem com a amostra, já que a liderança da estação — mais especificamente Fred Johnson — não está ciente do plano.

PARTE 2

PROCURANDO PO KATIRCI

São nessas cenas que o serviço começa a ficar difícil, quando o grupo começa a encontrar os primeiros obstáculos de verdade, e descobrem quantos interesses em conflito estão envolvidos na questão. Elas também fornecem uma das primeiras oportunidades dos personagens decidirem a melhor forma de trabalhar a favor dos seus clientes e da justiça, se for do interesse deles.

CENA 1

PROCURANDO POR PISTAS

ENCONTRO DE EXPLORAÇÃO

O mestre pode pedir para os jogadores fazerem um teste de **Comunicação (Investigação) NA 11** para representar os personagens reunindo informações e vasculhando registros públicos para desenterrar os podres de Katirci. O mestre pode perguntar a um personagem se ele está investigando por canais legítimos ou criminosos e pode adaptar a informação revelada de acordo. Por exemplo: provavelmente, contatos criminosos não saberiam de nada do antecedente finandeiro de Katirci, mas estariam mais atentos à movimentação da polícia e de chefes do crime do que o funcionário dos registros oficiais locais.

Os personagens que quiserem obter informações no apartamento de Katirci podem encontrar projetos arquivados na cidade sem a necessidade de um teste, desde que saibam o endereço dele. Ele mora num apartamento luxuoso de três suítes, além de uma grande sala de estar central com paredes hidropônicas. Se um personagens quiser saber se há segurança no local, ele deve fazer um teste de **Inteligência (Segurança) NA 11**. O sucesso no teste revela uma fechadura de porta aprimorada (que requer um sucesso num teste de **Inteligência (Tecnologia) NA 13** para abrir), além de uma chapa eletrificada instalada próxima à entrada. Ele também possui um sistema de alarme que não alerta nenhuma das empresas de segurança registradas na Ganímedes.

Investigá-lo por meio de contatos criminosos alertará os chefões da Loca Greiga. Eles procurarão pelos personagens na **Cena 2: Outros Jogadores** para tentar mantê-los longe do apartamento de Katirci.

Métodos legais de investigação muito provavelmente alertarão a Pinkwater, que está procurando por qualquer movimentação suspeita em torno de Katirci. Os oficiais de segurança localizam o grupo ou na doca, se a nave fora atracada legalmente, ou rastreando-os no meio do público. Em ambos os casos, eles pedem que os personagens compareçam às salas de segurança para uma reunião, detalhada na **Cena 4: Negociando com o Governo**.

Katirci. Com a perda da nave — que era tanto uma casa quanto uma fonte de renda para eles — a família buscou ajuda da APE e de mercenários freelancers.

TEMA

Esta aventura foca nas duas principais temáticas do cenário de *The Expanse*: a engrenagem complexa da vida, e a noção de Turbulência. A primeira é o entendimento de que os planos, concorrentes, conflitantes e concomitantes, de bilhões e bilhões de seres humanos no sistema solar criam redes complexas de causa e efeito que podem muito frequentemente parecer um caos indecifrável para um indivíduo isolado. Mas a série *The Expanse*, que acompanha múltiplas narrativas interseccionais por meio de mudanças de perspectiva, demonstra com frequência que eventos aparentemente aleatórios na vida de um personagem são, na verdade, resultado da intromissão de planos imprevisíveis de outros em sua vida.

A noção de Turbulência se alimenta desses planos entrelaçados. Ser pego na roda dos conflitos humanos pode ser uma experiência repentina e perigosa para um indivíduo e *vai* acontecer mais cedo ou mais tarde. A mudança pode ocorrer quando a pessoa menos espera, e na maior parte das vezes é isso que acontece. Todos os personagens desta aventura estão trabalhando com informações incompletas e, quando seus planos colidem, cria-se um conflito que se intensifica continuamente.

INCORPORANDO O SERVIÇO DE SEGUROS DA GANÍMEDES EM UMA CAMPANHA

Em essência, *O Serviço de Seguros da Ganímedes* é uma missão simples com um objetivo claro, que é ajudar clientes que nunca mais terão condições de contratar os personagens, mesmo que precisem. Isso a torna fácil de encaixar em uma campanha em andamento como um episódio independente, com um baixo impacto permanente para além do pagamento e a sensação de fazer a coisa certa, caso queiram. É claro que os interesses conflitantes de Marte, da Loca Greiga, dos mineradores e da APE oferecem diversas oportunidades de conectar a aventura a histórias já existentes ou usá-la como ponto de partida de relações ou rivalidades entre essas organizações.

Há algumas cenas incluídas com o objetivo de permitir que o mestre personalize o quão complexa ele quer que seja a rede de interesses em torno do esquema de seguros. Se esta for a primeira aventura de uma campanha, essas cenas oferecem um excelente alicerce do motivo pelo qual algum oficial de segurança marciano específico enxergar os personagens como criminosos, ou do motivo pelo qual Fred Johnson os ver como defensores da APE. Leia com atenção todas as cenas e planeje quais incluir para melhor adaptar as partes interessadas aos pormenores de sua campanha.

PARTE I

ACEITANDO O SERVIÇO

Estas cenas foram planejadas para apresentar personagens aos elementos básicos de uma aventura e estimulá-los a ajudar os mineradores a fazer justiça — ou pelo menos garantir um pagamento. Elas começam com o primeiro encontro entre a família Luong e os jogadores, ficando a cargo do mestre decidir como o encontro foi planejado.

CENA I

CLIENTES E VÍTIMAS

ENCONTRO SOCIAL

O mestre deve abrir a cena lendo o texto abaixo:

Vocês estão reunidos na sala de jantar — se é que dá pra chamar de sala de jantar um total de duas mesas dobráveis e quatro cadeiras de plástico quebradas — de uma pequena lanchonete na Estação Tycho, uma hora antes do horário de funcionamento. O lugar está arrumado e limpo do jeito típico do Cinturão, mas demonstra sinais de anos de uso constante. A família Luong, formada pelos maridos Kofi e Hien, esposas Thanh e Isabella e três crianças pequenas, está em torno da mesa, alguns sentados, outros em pé. A filha mais velha não tem mais do que oito anos, apesar de ser mais alta do que qualquer criança terráquea ou marciana da sua idade. Quase todos os membros da família tem machucados recém cicatrizados ou recém adquiridos.

Os adultos revezam atualizando o grupo da situação deles. A família mora em uma nave mineradora chamada Alta Nave, onde tenta manter seu sustento por meio de mineração e trajetos curtos de transporte de carga pelo Cinturão. A nave deles está bastante danificada e atracada para reparos, mas eles têm pouco dinheiro e ainda temem que possa ser tomado para pagar dívidas que possuem. Eles afirmam que a nave tem seguro, mas o segurador parece ter desaparecido. Depois de três semanas tentando contatá-lo, eles recorreram ao seu grupo por desespero, antes que ficassem sem dinheiro.

Hien, levanta do balcão, estremecendo depois de colocar muito peso em um pé engessado por um material inflável.

— Por favor — implora ele —, créditos financeiros, sim. Muito pouco, nós sabemos. Nós estamos mal, falamos verdade. Ajude nós, ou não haverá mais nós.

Enquanto eles discutem os detalhes do serviço, a família Luong compartilha detalhes com o grupo:

Eles asseguraram a nave por meio de um cara chamado Thomas Katirci, um terráqueo que mora na Ganímedes. A família Luong e alguns de seus amigos foram abordados por eles uns anos antes e não puderam deixar passar os preços incrivelmente acessíveis. Kofi disse que investigou o máximo que conseguiu sobre o cara antes de fechar negócio e não encontrou nada suspeito.

De início, Katirci era fácil de lidar e pagava direitinho os pequenos pedidos de cobertura de seguro. Esta foi a primeira vez em dois anos que eles não conseguiram contatá-lo.

Thanh perdeu a paciência depois de uma semana de silêncio e procurou as autoridades marcianas em Ganímedes. Num primeiro momento, eles foram solidários com o acontecido, mas até agora só ofereceram promessas vagas de que o assunto será investigado. A última mensagem que Thanh enviou foi há três dias; não houve mais respostas desde então.

Isabella acha que falar com os poeirentos foi uma perda de tempo. Foi ela quem buscou ajuda com a APE e convenceu seus cônjuge a terminar o contrato.

A família Luong quer que o grupo encontre Katirci na Ganímedes e o traga de volta para Tycho para ser julgado por fraude de acordo com a nebulosa jurisdição da APE. Isabella toma a palavra para pedir que os personagens tentem encontrar o dinheiro que pertence à família. Ela promete aumentar o pagamento se conseguirem, o que atrai olhares preocupados de seus cônjuges.

O pagamento do serviço é suficiente para aumentar a renda de cada personagem para +1. Se eles conseguirem recuperar o dinheiro, o pagamento extra de Isabella é o bastante para dar a cada personagem +2 em uma única rolagem de Renda. Como Hien disse anteriormente, eles não têm muito a oferecer.

O grupo pode tentar negociar um pagamento adicional, mas a família Luong está com dificuldades financeiras. Com alguma insistência, Kofi pode tentar falar com contatos que possui na APE para conseguir a promessa de mais serviços no futuro para os personagens. Se quiser incluir a cena de **Contrabando** desta seção, Kofi pode, quem sabe, fazer o papel de contato.

O APARTAMENTO DE KATIRCI

CENA 2

OUTROS JOGADORES

ENCONTRO SOCIAL/DE AÇÃO

Se a Loca Greiga for avisada antes das investigações feitas pelos personagens na cena anterior, eles mandarão um grupo de capangas similar aos da cena **Uma Advertência** na **Parte 1**. Se o mestre realizou a cena, a organização criminosa não será misericordiosa uma segunda vez, e os capangas partirão para a luta assim que reconhecerem os personagens. Se o grupo conseguir não chamar a atenção da organização, o mestre pode pular esta cena.

A Loca Greiga enviará três capangas e um chefe chamando Dan-Dan. Se os criminosos estiverem dispostos a conversar, o mestre lerá o texto abaixo. Se não, eles tentam emboscar os personagens nas ruas.

Vocês enfrentarão um grupo de pessoas experientes comandadas por um cinturano resistente chamado Dan-Dan. Nenhum deles conseguiria se passar por cidadãos respeitáveis, mas vocês percebem que fizeram um esforço para esconder as tatuagens da Loca Greiga e mantêm, por pouco tempo, suas armas dentro das jaquetas ou em um bolso fundo.

— Eu não sei o que vocês fizeram e eu não me importo — disse Dan-Dan, claramente evitando o uso do dialeto cinturano. — Mas o chefe mandou vocês pararem. Agora.

— Ele vai dar procês a cortesia profissional até... tipo amanhã procês sairem daqui. Se vocês ainda tiverem aqui depois disso, bom... a gente não vai ser muito gentil, tá ligado?

Dan-Dan e seus capangas não aceitarão um "não" como resposta. Se o grupo não concordar em ir embora da Ganímedes o mais rápido possível, eles atacarão. Se os personagens já encontraram com os Loca Greiga antes, Dan-dan pulará a parte da conversa.

PISTAS

NA	DETALHES
7	**Legal:** Thomas Katirci é algum tipo de investidor imobiliário, embora quase ninguém o conheça. Se os personagens não sabiam seu endereço, eles passam a saber.
7	**Criminoso:** Criminosos locais ficam relutantes ao falar de Katirci. Ele pode estar sendo protegido por pessoas poderosas.
9	**Legal:** Katirci, estranhamente, tem poucas conexões com as empresas financeiras locais. As pessoas na vizinhança acham que chamaram a polícia no apartamento dele há algumas semanas, mas ninguém tem certeza.
9	**Criminoso:** Pinkwater, a polícia local contratada, aumentou sua presença no bloco residencial de Katirci.
11	**Legal:** A polícia foi chamada no apartamento de Katirci uns dias antes de a família Luong denunciá-lo às autoridades locais. Ele foi liberado da custódia na manhã seguinte, mas não parece haver um registro policial arquivado.
11	**Criminoso:** Katirci lava dinheiro para a Loca Greiga. Dizem que a organização criminosa fará uma transferência de dinheiro na estação nos próximos dias.

Se o grupo conseguir matar ou capturar Dan-Dan, o terminal portátil dele tem uma mensagem do seu chefe dizendo para ficar preparado do lado de fora do corredor do apartamento de Katirci no dia da negociação caso esteja sendo vigiado pelos oficiais de segurança. Eles acreditam que Katirci está em risco, mas não têm certeza.

CENA 3

INVADINDO O APARTAMENTO

ENCONTRO DE EXPLORAÇÃO/AÇÃO

Thomas Katirci esteve confinado em seu apartamento de luxo por causa da Pinkwater, esperando por uma reunião presencial com seus chefões da Loca Greiga. Se os personagem não conseguirem um acordo com a força de segurança ou com a organização criminosa, eles precisarão tirar o alvo de seu castelo no meio de uma batida policial. Para saber o layout do apartamento de Katirci, consulte a descrição e o mapa na **Cena 1: Procurando por Pistas**.

Quando os personagens chegarem no apartamento de Katirci, ele estará lá dentro com dois intermediários da organização, Concepción Acosta-Rodríguez (cujo apelido é "Chung") e Ay-Das Ondar (apelido "Ondar"). Eles estão no meio de uma discussão sobre comprar um bloco de apartamentos do Katirci a preços inflacionados e estão discordando por causa do valor e do quão rápido imaginam que conseguirão revender os imóveis para terem o dinheiro de volta. Dois grupos pretendem complicar esta situação:

Uma equipe de **Oficiais de Segurança da Pinkwater** com a quantidade de membros igual à quantidade de personagens, mais um **Sargento** liderando, que está esperando conseguir provas dos crimes por meio de um grampo antes de invadirem para prender Chung e Ondar. Eles invadem o apartamento depois de escutar detalhes da transação pelo grampo que Katirci está usando ou depois de escutar sinais de violência.

Um grupo de **Capangas da Loca Greiga** igual ao número de personagens mais um, além de um **Chefe da Loca Greiga**, que estão esperando numa cafeteria a algumas portas de distância. Se os oficiais da Pinkwater invadirem, os capangas aparecem para emboscá-los por trás. Eles também aparecerão no apartamento se escutarem violência pela linha de comunicação aberta que mantêm com Chung e Odar.

Num combate entre os personagens, a Pinkwater e a Loca Greiga, os outros grupos privilegiam focar uns nos outros em vez de focar nos personagens, dando brecha para capturar Katirci e fugir. No entanto, se o grupo demonstrar ser um perigo de verdade para um dos outros dois grupos, eles vão focar seus ataques nos personagens.

Dada a quantidade de adversários que podem enfrentar numa troca de tiro no apartamento do Katirci, os personagens podem escolher a opção mais segura para capturar Katirci e correr de volta para a nave. Qualquer grupo que não tiver um acordo preestabelecido com os personagens para soltar Katirci vai imediatamente persegui-los. Se isso acontecer, o mestre deve seguir para a cena **Katirci nos Corredores** da **Parte 3**.

CENA 4

NEGOCIANDO COM O GOVERNO

ENCONTRO SOCIAL

Apesar da desconfiança de Isabella, a Pinkwater de fato investigou a denúncia da família Luong e prendeu Katirci sob suspeita de fraude de seguro depois de apenas alguns dias de investigação. Durante o interrogatório, ele rapidamente confessa e revela seu cargo na Loca Greiga, oferecendo aos oficiais entregar seus companheiros para escapar da prisão. A polícia aceita o acordo e faz o melhor que pode para fazer a ordem de prisão desaparecer. A Pinkwater está atualmente usando Katirci como um informante e planejando prender os chefes quando forem ao apartamento dele negociar compras de propriedades.

O grupo pode chamar a atenção da Pinkwater de várias maneiras. O mestre pode ler ou parafrasear o texto abaixo:

Vocês são conduzidos a uma sala de interrogatório, mas a porta fica aberta para deixá-los mais tranquilos. Passados alguns minutos, uma oficial entra na sala seguido de dois policiais de patrulha. É uma mulher de pele negra, baixa e gorda usando um hijab. Ela se apresenta rapidamente como Tenente Iminathi Parsi e vai direto ao assunto.

— Chegou ao conhecimento da Pinkwater que vocês estavam perguntando por aí a respeito do sr. Thomas Katirci. Eu não sei o que vocês querem com ele, mas eu tô aqui pra dizer pra vocês ficarem longe dele. Ele é uma pessoa importante pra uma investigação em andamento, e já que os meus superiores não acham que vocês são relevantes para a investigação, eu peço para que mantenham distância. Fui clara?

Ela encara cada um de vocês, esperando um aceno ou resposta de acordo.

MEDIDAS DEFENSIVAS

Katirci possui uma torreta taser no teto da sua sala de estar, além de um metro de chapa eletrificada no chão próximo à porta de entrada.

CHAPA ELETRIFICADA: A chapa pode ser ativada com uma ação de Ativar por meio de um botão num anel que Katirci usa, causando 1d6+4 de dano penetrante automaticamente a qualquer um que ousar pisar nele sem botas isoladoras especiais. É necessário 1 rodada para recarregar os condensadores dela depois de ter sido ativada.

TORRETA TASER: A torreta é ativada por sensor de movimento, possui seis tiros e não é capaz de mirar em quem estiver usando uma etiqueta RFID especial, também localizada no anel de Katirci. Katirci a ativa imediatamente se a situação ficar violenta. A torreta faz um ataque à distância com um bônus de +4, causando 2d6-2 dano penetrante se acertar. É um objeto pequeno (NA 13 para atacar) com Resistência 5. Qualquer dano que ultrapassar a Resistência dele faz com que pare de funcionar.

Tanto a chapa quanto a torreta causam dano não letal. Qualquer personagem removido do combate fica inconsciente.

A Ten. Parsi não revelará mais nada do interesse da Pinkwater em Katirci, a não ser que os personagens deixem claro que eles que já estão por dentro do assunto. Se o grupo informá-la do possível perigo que cerca seus subordinados, ela se abre um pouco mais. Ela faz o melhor que pode para tirar qualquer informação possível dos personagens, preocupada em impedir que a operação falhe.

Depois de conseguir todas as informações que os personagens têm, a tenente percebe que não tem policiais o bastante até o momento, e quer adiar a operação. Os personagens podem convencê-la a deixá-los ajudar a equipe de segurança com um sucesso no teste de **Comunicação (Persuasão)**. Em retorno pela ajuda, Parsi se propõe a convencer as autoridades marcianas a adicionar compensações para as vítimas de Katirci nos requerimentos do acordo judicial dele.

CENA 5

NEGOCIANDO COM A ORGANIZAÇÃO

ENCONTRO SOCIAL

Se o grupo quiser driblar a lei e procurar ajuda por outros meios, eles podem abordar a Loca Greiga com provas de que Katirci se voltou contra a organização. Conexões criminosas podem colocar os personagens em contato com um chefe da Loca Greiga chamado Zhang Yin, desde que esses contatos não tenham trocado tiros com membros da organização.

Zhang é extrovertido e repleto de informações. Ele acredita em qualquer evidência apresentada pelos personagens que prove a colaboração de Katirci com a Pinkwater, e aceita de imediato entregar Katirci e suas contas bancárias para os personagens se conseguirem dos olhos dos agentes de segurança. O que Zhang não diz é que planeja colocar a culpa nos personagens por toda a violência cometida contra os agentes de segurança durante a captura de Katirci. Ele acha que isso vai livrá-lo de um problema sem criar outro.

CENA 6

COLETA DA PORCA

ENCONTRO SOCIAL

Se os personagens tiverem aceitado o contrabando na Estação Tycho, eles vão a Ganímedes esperando levar embora com eles uma amostra de embriões congelados. Quando encontram seu contato, uma cientista chamada Lidia Ma, eles ficam sabendo que as coisas são um pouquinho mais complicadas do que esperavam.

A equipe de Lidia foi expulsa do laboratório onde estão os embriões, depois que a empresa na qual trabalha soube de rumores de que alguém estava planejando roubá-los. Desesperada pelo pagamento, a dra. Ma recorre à única coisa que pôde pensar na hora: pegar a porca prenha que estava mantendo em observação. Quando ela se encontra com os personagens com a porca a reboque, o mestre pode ler o seguinte texto:

Uma mulher baixa com estatura cinturana aborda vocês. Ela tem um aspecto debilitado até mesmo para alguém que cresceu em gravidade baixa, e está vestindo um moletom de capuz e um chapéu, puxado para baixo para esconder seu rosto. No entanto, qualquer tentativa de ser discreta está fadada ao fracasso por causa de uma guia curta que vai da sua mão até um porco muito gordo. Ela se apresenta como "A Cientista".

— Vocês que são os meus contatos? — pergunta ela, hesitante. — Eu sei que vocês estavam esperando algo menos, a trazer a Jiaozi — ela aponta para o porco — foi o melhor que eu pude fazer. Ela tá grávida, então vocês ainda vão conseguir o que queriam. Se olharem pelo lado positivo, dessa forma vai ser ainda mais rápido! — finaliza, com um tom esperançoso em sua voz.

Se pressionada, a dra. Ma explica para os personagens a questão do confinamento do laboratório e o seu improviso de último minuto. Ela está desesperada pelo pagamento que receberá por essa negociação, e aceita cooperar com qualquer solicitação do grupo, exceto reduzir significativamente a remuneração dela.

PARTE 3
SAINDO DE GANÍMEDES

Por causa das diferentes maneiras que os personagens podem prosseguir na **Parte 2**, todas as cenas da **Parte 3** são consideradas opcionais. O mestre deve selecionar as que melhor se encaixam no desfecho da **Parte 2** e que melhor combinem com o ritmo desejado.

CENA 1
KATIRCI PELOS CORREDORES — ENCONTRO DE AÇÃO/EXPLORAÇÃO

Essa cena é uma continuação dos personagens sendo perseguidos de perto ou pela Loca Greiga ou pela Pinkwater (ou os dois!). O mestre pode ler ou parafrasear o texto abaixo:

Vocês correm pelos túneis de Ganímedes em direção à nave, levando um Katirci relutante nas costas. Seus perseguidores não estão longe, e se aproximam cada vez mais enquanto vocês têm dificuldade de achar um caminho em meio a um labirinto de corredores desconhecidos.

Katirci sabe que não conseguiria lutar contra todos vocês, mas isso não o impede de ir se arrastando e de vez em quando aumentar a oferta para deixá-lo fugir. Ele para de fazer isso quando vê as primeiras balas ricocheteando nas paredes próximas a vocês e percebe que a melhor chance que tem é ficar com vocês é com vocês nesse momento.

O mestre deve usar as regras de perseguição descritas no **Capítulo 5** de *The Expanse RPG*. A cada rodada, os personagens fazem um teste de **Constituição (Corrida)**. O limiar de Sucesso é 20. Um dos personagens é responsável por fazer Katirci andar a cada rodada, e o NA do teste dele aumenta para 13 enquanto faz isso.

CENA 2
SACUDINDO A POEIRA — ENCONTRO SOCIAL/DE EXPLORAÇÃO

É possível que os personagens já estejam sendo procurados pelas autoridades quando quiserem tentar decolar da Ganímedes. Mesmo que não estejam fugindo sob o radar de um comunicado de segurança geral, eles ainda vão precisar descolar o mais rápido possível para escapar da perseguição. Para fazer isso, eles precisam conseguir uma autorização oficial o quanto antes ou arriscar um confronto com a MRPM por decolar sem permissão.

Os personagens que quiserem obter a permissão de descolagem rapidamente precisam fazer um teste de **Comunicação (Persuasão) NA 13** ou de **Inteligência (Segurança)**. Com um sucesso, eles consegue convencer os controladores de tráfego a colocá-los na lista de prioridades, provavelmente por causa de uma emergência falsa. Se os personagens criarem uma situação de emergência *real*, como incendiar a doca, o teste passa a ter **NA 11**.

Se a nave estava atracada na doca dos contrabandistas, uma das opções apresentadas em **Atracando no Porto** na **Parte 1**, a única alternativa possível é decolar sem permissão.

Se o grupo quiser sofrer o risco de confrontar a Marinha Marciana, o mestre deve fazer um teste escondido de **Percepção (Sensores) NA 11** com modificador +0. Com um sucesso, a nave dos personagens é identificada como decolagem ilegal e eles recebem uma transmissão. Se isso acontecer, o mestre deve ler o seguinte texto:

> *"Atenção nave não autorizada. Aqui quem fala é a Tongzhi, uma nave de patrulha da MRPM. Vocês desatracaram sem preencher um plano de voo e sem a autorização dos controladores de voo. Retornem imediatamente à doca ou desliguem seus motores e preparem-se para o nosso embarque."*

Se os personagens quiserem tentar mentir para a nave de patrulha alegando condições emergenciais, eles devem ter sucesso num teste de **Comunicação (Enganação) NA 16**. O grupo pode tentar diminuir o **NA para 13** causando dano à própria nave ou simulando um dano com um sucesso num teste de **Inteligência (Engenharia) NA 12**. Se eles não conseguirem convencer os marcianos que decolaram por motivos legítimos e recusarem o embarque, o bote de patrulha se movimenta para interceptá-los e incapacitá-los. Se isso acontecer, o mestre deve seguir para a **Cena 3: Velocidade Máxima**.

CENA 3
VELOCIDADE MÁXIMA — ENCONTRO DE EXPLORAÇÃO/AÇÃO

É provável que o grupo enfrente resistência ou dos botes de patrulha da MRPM ou do capangas da Loca Greiga na órbita de Ganímedes. Se isso acontecer, a melhor opção é pisar fundo no acelerador em direção à Estação Tycho e torcer para que os percam de vista no Cinturão. Pilotos inteligentes podem se aproveitar dos espelhos de luz do sol como cobertura na órbita de Ganímedes — porque nenhuma outra nave arriscaria danificá-los — mas eles terão que escapar em algum momento, já que as naves da MRPM na região vão convergir para a interferência.

O mestre deve considerar isso uma nova perseguição, dessa vez com um teste de **Destreza (Pilotagem) NA 11** feito pelo piloto da nave. Girar em torno dos espelhos aumenta o NA para 13 enquanto estiver na região, mas impede que as naves inimigas no alcance os atinjam. O limiar de Sucesso para escapar do Cinturão é 20. Durante a fuga, o grupo deve fazer um teste de **Constituição (Vigor) NA 13** contra um dano de aceleração 3d6. O sucesso no teste garante que eles tomem apenas 1d6 de dano.

CENA 4

JUSTIÇA

ENCONTRO SOCIAL

Se o grupo retornou com Katirci, o mestre deve ler o seguinte texto:

Vocês arrastam Katirci para dentro da estação Tycho e o levam à força pelos corredores até a lanchonete e a família Luong. Todos eles, até as crianças, o recebem com um olhar fuzilante. Isabella cospe na cara dele.

Antes que a situação escale ainda mais, dois agentes da APE chegam para levar Katirci em custódia. Eles prometem à família que o julgamento dele será rápido, e a punição severa. Enquanto eles levam Katirci embora, vocês conseguem escutá-lo implorar por clemência, oferecendo suas habilidades financeiras para a APE.

Se o grupo o deixou sob custódia da Pinkwater para testemunhar contra a Loca Greiga, o mestre deve, no lugar do texto anterior, ler o seguinte:

Seus clientes olham para vocês com um misto de raiva e alívio quando vocês retornam com o dinheiro que precisam para seguir em frente, porém sem o homem que desejavam ver punido. Fica evidente que eles se ofenderam com a decisão de deixar Katirci na Ganímedes, mesmo que se esforcem para reconhecer que é bom que ele ajude a punir outros caras maus. Vocês não sabem se a família Luong conseguirá se recuperar da dupla traição que viveram recentemente, mesmo com o dinheiro pago pelo governo marciano sendo suficiente para pagar pelo dano que eles e a nave deles sofreram.

Essa cena é o desfecho depois de todo o trabalho duro para pegar Thomas Katirci lá no Cinturão para responder pelos seus crimes, ou para mantê-lo vivo na Ganímedes para ajudar por lá. A família Luong está feliz pelo sucesso dos personagens, mas ainda estão amargurados por causa dos prejuízo que tiveram nas mãos de Katirci. Essa amargura é agravada se os personagens retornarem sem o golpista. Se o grupo de fato o trouxer de volta, os agentes da APE que o levam sob custódia praticamente prometem sentenciá-lo culpado, e dão indícios sinistros de execução.

O destino final de todas essas pessoas está, na maior parte, nas mãos dos personagens. Se o grupo trouxer Katirci de volta, A APE ganha um julgamento midiático e uma tentativa de legitimidade aos olhos relutantes de alguns cinturanos, mas a Loca Greiga pode se livrar das acusações. Se eles conseguiram recuperar o dinheiro do seguro prometido, a família Luong pode voltar a reconstruir suas vidas, mas os personagens muito provavelmente infrigiram a lei ou se comprometeram com criminosos para isso.

O mestre deve enfatizar as escolhas que os personagens fizeram para alcançar a conclusão que preferiram, e revelar o que essas escolhas significaram a todos os envolvidos.

CENA 5

O FRED NÃO PRECISA SABER

ENCONTRO SOCIAL/DE EXPLORAÇÃO

O grupo entrega Jiaozi, a porca prenha, para o contato deles na APE, seja Kogi Luong ou Vinicius Otero. Nenhum deles sabe o que fazer com a porca, mas estão mais achando graça do que com raiva. O contato paga de bom grado o valor negociado na cena **Coleta da Porca** na **Parte 2**.

— Bom — diz ele, dando de ombros—, acho que não dá pra esconder isso do Fred. Vamos achar um lugar pra você, Jiaozi.

ALIADOS & ADVERSÁRIOS

Esta seção contém as descrições e característica dos maiores antagonistas encontrados durante o **Serviço de Seguros da Ganímedes**.

LOCA GREIGA

A Loca Greiga é uma organização criminosa que atua numa grande variedade de atividades ilegais e que está presente em quase todos os portos que se tem conhecimento no sistema solar. Eles empregam uma grande quantidade de pessoas que cresceram na pobreza e na miséria como capangas, traficantes de drogas e trabalhadores sexuais. Os Chefes de gangue e seus superiores tendem a ter um nível maior de higiene e educação para se encaixarem melhor na estrutura de comando da larga organização.

SEGURANÇA PINKWATER

Segurança Pinkwater é uma empresa de segurança privada que possui o maior contrato de segurança pública com Marte na colônia de Ganímedes. Eles são responsáveis por manter a paz e reforçar a lei em todas as áreas fora do controle direto de corporações e da polícia. Seus oficiais são bem treinados, mas a distância de seus supervisores marcianos, além de um conselho corporativo sempre tentando reduzir custos, possibilita uma grande corrupção e abuso de poder.

CAPANGA LOCA GREIGA

HABILIDADES (FOCOS)

Pontaria 2 (Pistolas), Comunicação -1, Constituição 1 (Tolerância), Destreza 1 (Iniciativa), Combate 2 (Armas Leves), Inteligência -1, Percepção 1 (Visão), Força 2 (Intimidação), Vontade 0

DESLOCAMENTO	DESTINO	DEFESA	AR + RES
10	5	11	2

ARMA	ATAQUE	DANO
Pistola	+4	2d6+1
Faca	+4	1d6+2

CARACTERÍSTICAS ESPECIAIS

Façanhas favoritas: Em Dupla, Machucar, Golpe Violento

Talentos: Consciência Tática (Novato), Estilo de Pistola (Novato)

Equipamento: pistola, faca, jaqueta pesada

Ameaça: Menor

OFICIAL DE SEGURANÇA PINKWATER

HABILIDADES (FOCOS)

Pontaria 1 (Pistolas), Comunicação 1, Constituição 1, Destreza 1, Combate 2 (Armas Leves), Inteligência 0 (Segurança, Tática), Percepção 2 (Procurar), Força 2, Vontade 1

DESLOCAMENTO.	DESTINO	DEFESA	AR + RES
10	5	11	5

ARMA	ATAQUE	DANO
Bastão	+4	1d6+2
Pistola	+3	2d6+2
Taser	+3	1d6+2 penetrante

CARACTERÍSTICAS ESPECIAIS

Façanhas favoritas: Derrubar, Machucar, Procurar Cobertura

Talentos: Consciência Tática (Novato), Estilo de Pistola (Novato)

Equipamento: Bastão, armadura média, pistola, taser

Ameaça: Menor

OFICIAL DE CARREIRA PINKWATER

HABILIDADES (FOCOS)

Pontaria 2 (Pistolas), Comunicação 2 (Etiqueta), Constituição 0, Destreza 2, Combate 1, Inteligência 1 (Direito, Pesquisa, Tática), Percepção 2 (Procurar), Força 1, Vontade 1 (Autodisciplina)

DESLOCAMENTO	DESTINO	DEFESA	AR + RES
11	15	11	4

ARMA	ATAQUE	DANO
Bastão	+1	1d6+1
Pistola	+4	2d6+2
Taser	+4	1d6+2 penetrante

CARACTERÍSTICAS ESPECIAIS

Façanhas favoritas: Surto de Adrenalina, Anjo da Guarda, Escaramuça

Talentos: Comandar (Especialista), Mira Precisa (Novato), Estilo de Pistola (Novato)

Equipamento: Bastão, armadura média, pistola, taser

Ameaça: Menor

CHEFE DA GANGUE LOCA GREIGA

HABILIDADES (FOCOS)

Pontaria 2 (Rifles), Comunicação 1 (Enganação), Constituição 1 (Tolerância), Destreza 0 (Iniciativa), Combate 1 (Arnas Leves), Inteligência 1 (Segurança), Percepção 1, Força 2 (Intimidação), Vontade 1

DESLOCAMENTO	DESTINO	DEFESA	AR + RES
10	15	13	3

ARMA	ATAQUE	DANO
Granada	+2	3d6 (raio de 2 metros)
Faca	+3	1d6+2
Rifle	+4	3d6+1

CARACTERÍSTICAS ESPECIAIS

Façanhas favoritas: Surto de Adrenalina, Procurar Cobertura, Provocar

Talentos: Inspirar (Especialista), Engodo (Novato)

Equipamento: rifle, faca, uma granada, armadura leve

Ameaça: Menor

PERSONAGENS PRONTOS

As próximas páginas contêm seis personagens prontos de nível 1 que podem ser utilizados nesta aventura para começar um jogo de *The Expanse*. Eles são um grupo bastante diverso com diferentes origens e antecedentes. Por definição, pressupõe-se que os personagens já são um grupo e já possuem uma nave. Os nomes e os detalhes não estão aqui, já que não é particularmente relevante à missão em Ganímedes, mas é possível usar as características de um cargueiro pequeno presentes no **Capítulo 6** do livro básico de *The Expanse RPG*, se necessário. Por outro lado, se preferir começar sem uma nave, pressuponha que o grupo reservou uma passagem a Ganímedes numa nave maior, e faça a **Cena 3** ter a ver com subornar os oficiais no ponto de entrada.

ADDISON "ADDY" GRANT

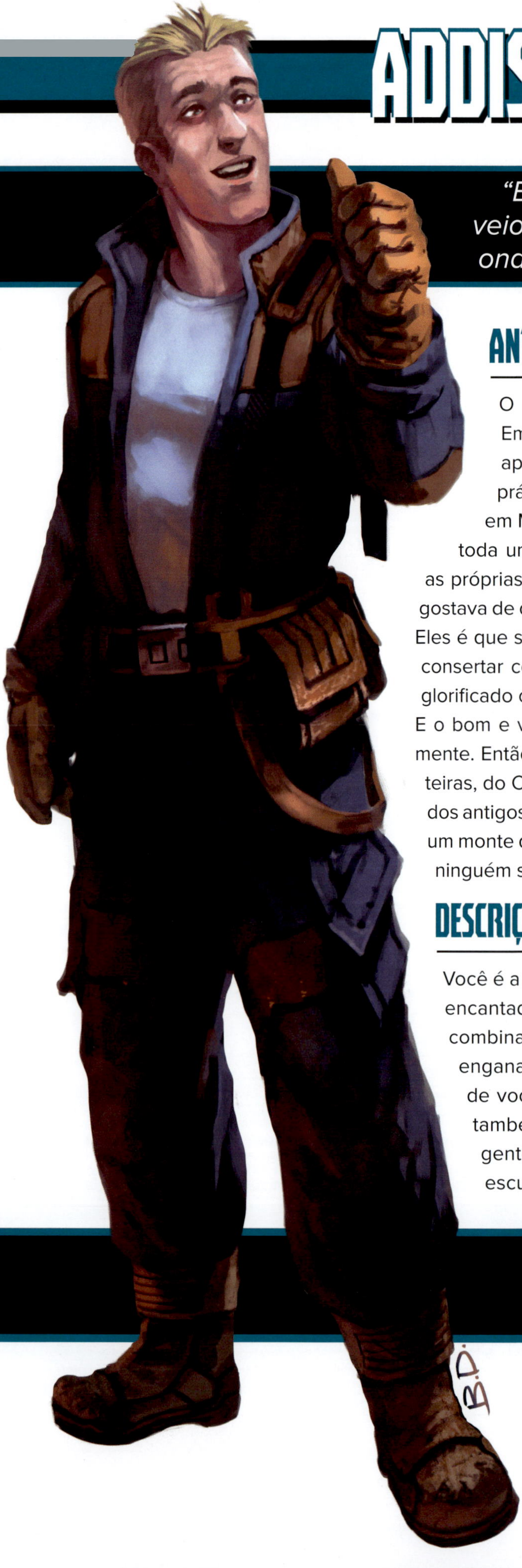

"Eu não sei o que tem aqui ou de onde veio, mas eu te garanto que vai te levar pra onde você quiser ir. Você quer um pouco?"

ANTECEDENTE

O que um marciano, um membro de direito da Grande Empreitada, está fazendo tão longe de casa? Ele está apenas curtindo a vida e colocando seus talentos em prática, coisas que eram cada vez mais difíceis de se fazer em Marte. De certa forma, você nasceu tarde demais. Houve toda uma geração de marcianos pioneiros que trabalhou com as próprias mãos, lidou com desafios tecnológicos todos os dias e gostava de descansar e desanuviar quando o trabalho estava pronto. Eles é que sabiam como viver bem. Hoje em dia, se você é bom em consertar coisas em Marte, você não é nada além de um faz-tudo glorificado ou um superintendente — ou pior ainda, suporte técnico. E o bom e velho bar se transformou em restaurantes e spas atualmente. Então se estiver em busca de uma saída para as novas fronteiras, do Cinturão aos Planetas Exteriores, onde o espírito pioneiro dos antigos ainda está vivo, você é valorizado por ser capaz de juntar um monte de tecnologia com nada além de um cuspe e um arame, e ninguém se importa com o que você faz depois do trabalho.

DESCRIÇÃO

Você é a prova viva de que cabelo loiro, olhos azuis e um sorriso encantador podem te garantir o que quiser, principalmente combinado com um certo entusiasmo pela vida. O seu vigor engana, e você já viu gente muito maior cair bêbada bem antes de você. Você segue em frente até terminar o serviço. Você também aprendeu a considerar a frase "Você é mais inteligente do que parece" como um elogio. Melhor assim, já que escuta isso com tanta frequência.

Você é um engenheiro apaixonado pela vida que é bom em consertar as coisas e fazer amigues.

ADDISON "ADDY" GRANT

ORIGEM: MARCIANO | **ANTECEDENTE: COMERCIANTE**

CLASSE SOCIAL: MÉDIA | **PROFISSÃO: TÉCNICO**

3D6 + NÍVEL DE HABILIDADE + BÔNUS DE FOCO (+2) VS. NÚMERO-ALVO

TALENTOS

BOEMIA — NOVATO

Ao fazer testes de **Constituição (Tolerância)** como parte de um teste avançado, você ganha um bônus de +1 para o resultado de cada Dado de Drama.

IMPROVISAÇÃO — NOVATO

Você pode fazer um teste de habilidade que exija um foco específico, mesmo se não tiver tal foco.

CRIADOR — NOVATO

Você pode usar um foco de **Inteligência (Engenharia)** para fazer qualquer item com as ferramentas e materiais adequados.

MOTIVAÇÃO

EXTÁTICO: Sua qualidade é o prazer pela vida e uma vontade geral de encontrar prazer nas coisas e ter novas experiências. Sua falha é a irresponsabilidade, tendência a exagerar na diversão em detrimento de questões mais práticas.

RELACIONAMENTOS

A TRIPULAÇÃO DA SUA NAVE 1: Uma vez por sessão você pode ganhar PF de mesmo número da intensidade de sua Relação para fazer qualquer façanha que seja coerente com a personagem para ajudar outros membros da tripulação da sua nave. Essa escolha é feita depois de um sucesso em uma rolagem.

ATAQUES

ATAQUE	BÔNUS	DANO
Pistola	+2	2d6+1
Desarmado	+1	1d3

DEFESA 12 | **DESLOCAMENTO 12** | **RESISTÊNCIA 2**

DEFESA = 10 + DES | **DESLOCAMENTO = 10 + DES** | **RESISTÊNCIA = CON + ARMADURA**

DESTINO 20

CONDIÇÕES

☐☐☐☐☐
☐☐☐☐☐
☐☐☐☐☐
☐☐☐☐☐

RENDA 2 | **TESTE DE RENDA = 3D6 + VALOR DE RENDA VS. CUSTO NA**

PONTARIA 2

Esta habilidade mede a mira de Addison, sua capacidade de acertar alvos com armas à distância ou de arremesso.

COMUNICAÇÃO 1

Esta habilidade abrange as capacidades sociais de Addison de fazer amigos e influenciar pessoas de forma geral.

CONSTITUIÇÃO 2

Esta habilidade é a saúde geral de Addison, sua fortitude e resistência a danos, doenças e fadiga.

TOLERÂNCIA: Este foco permite a Addison suportar os efeitos de substâncias potencialmente tóxicas, embebidas por recreação ou exposição involuntária.

DESTREZA 2

Esta habilidade cobre a ligeireza, agilidade e tempo de reação, afetando a rapidez e a graciosidade com que Addison se move.

COMBATE 1

Esta habilidade é a capacidade e proeza de Addison no combate corpo a corpo, variando de uma briga a empunhar armas.

INTELIGÊNCIA 2

Esta Habilidade mede a capacidade de Addison de raciocínio, a memória, a resolução de problemas e o conhecimento geral.

ENGENHARIA: Este foco permite a Addison criar, consertar e fazer a manutenção de itens tecnológicos, bem como conhecimento dos princípios e aspectos práticos de seu projeto e desenvolvimento.
TECNOLOGIA: Esse foco garante a Addison o conhecimento de criação e operação da tecnologia, especialmente computadores.

PERCEPÇÃO 1

Esta habilidade é a habilidade de captar e perceber coisas usando os sentidos de Addison.

FORÇA 0

Essa habilidade é a força muscular pura de Addison e sua habilidade de aplicá-la, desde levantar coisas pesadas até feitos de atletismo.

VONTADE 2

Esta habilidade mede o autocontrole, a autodisciplina, a resiliência mental e a confiança de Addison.

ADE AKINTOLA

"Tenho certeza de que se nos acalmarmos e conversarmos, nós conseguimos organizar um acordo mutualmente benéfico para todos."

ANTECEDENTE

Nascido e criado na Zona de Interesse Comum da África Central na Terra, você teve uma infância e juventude relativamente confortável por causa da riqueza e dos interesses comerciais de sua família. Isso também gerou expectativas sobre você: se comportar da maneira correta, aprender e ser bem-sucedido. Mesmo tendo vários privilégios, é esperado que você os aproveite ao máximo. Isso o levou a um extenso "trabalho de campo" nos Planetas Exteriores para aprender todos os aspectos sobre transporte e comércio, com a maior circulação de recursos e bens do sistema em um circuito fechado entre o Cinturão e os Planetas Exteriores e os Planetas Interiores, especialmente a Terra. Ver vida para além da Terra tem sido uma experiência esclarecedora, não necessariamente de todos os jeitos que a sua família esperava. Ainda assim, você sonha em ter uma boa vida e provar suas habilidades de liderança e administração, incluindo lidar com aqueles que acham erroneamente que você só as têm por acidente ou por berço.

DESCRIÇÃO

Você tem o corpo e a musculatura de um terráqueo, não há dúvidas, assim como não há dúvidas da sua ancestralidade iorubá. Você é bastante estiloso, e gosta de se vestir e de se apresentar bem. Dito isso, você tende a se vestir "um pouquinho pior" durante um serviço, astutamente se certificando de não estar bem vestido demais. Você fica confortável em situações sociais e leva jeito com pessoas.

Você é um líder nato com ambição e com um olhar afiado para intriga.

ADE AKINTOLA

ORIGEM: TERRÁQUEA | **ANTECEDENTE: ARISTOCRATA**

CLASSE SOCIAL: ALTA | **PROFISSÃO: ADMINISTRADOR**

3D6 + NÍVEL DE HABILIDADE + BÔNUS DE FOCO (+2) VS. NÚMERO-ALVO

TALENTOS

CONTATOS — NOVATO

Você pode tentar fazer contato com um PNJ com atitude Neutra ou melhor em relação a você com um teste de **Comunicação (Persuasão)** bem-sucedido.

INSPIRAR — NOVATO

Se você estiver consciente e e seus aliados estiverem à vista, eles ganham um bônus de +1 em todos os testes relacionados à **Vontade**.

INTRIGA — NOVATO

Se falhar em um teste de **Comunicação (Enganação)**, você pode rolar novamente, mas deve manter os resultados da segunda rolagem.

MOTIVAÇÃO

REALIZADOR: Sua qualidade é a ambição, saber o que quer e ir atrás disso. Sua falha é a obsessão, ficar muito focado em seus objetivos e incapaz de ver qualquer coisa (ou alguém).

RELACIONAMENTOS

A TRIPULAÇÃO DA SUA NAVE 1: Uma vez por sessão você pode ganhar PF de mesmo número da intensidade de sua Relação para fazer qualquer façanha que seja coerente com a personagem para ajudar outros membros da tripulação da sua nave. Essa escolha é feita depois de um sucesso em uma rolagem.

ATAQUES

ATAQUE	BÔNUS	DANO
Pistola	+2	2d6+3
Desarmado	+1	1d3+1

DEFESA 11 | **DESLOCAMENTO 11** | **RESISTÊNCIA 0**

DEFESA = 10 + DES | **DESLOCAMENTO = 10 + DES** | **RESISTÊNCIA = CON + ARMADURA**

DESTINO 15

CONDIÇÕES

RENDA 2

TESTE DE RENDA = 3D6 + VALOR DE RENDA VS. CUSTO NA

PONTARIA 2

Esta habilidade mede a mira de Ade, sua capacidade de acertar alvos com armas à distância ou de arremesso.

COMUNICAÇÃO 3

Esta habilidade abrange as capacidades sociais de Ade de fazer amigos e influenciar pessoas de forma geral.

LIDERANÇA: Este foco permite a Ade orientar, direcionar e inspirar outras pessoas.

CONSTITUIÇÃO 0

Esta habilidade é a saúde geral de Ade, sua fortitude e resistência a danos, doenças e fadiga.

DESTREZA 1

Esta habilidade cobre a ligeireza, agilidade e tempo de reação, afetando a rapidez e a graciosidade com que Ade se move.

COMBATE 1

Esta habilidade é a capacidade e proeza de Ade no combate corpo a corpo, variando de uma briga a empunhar armas.

INTELIGÊNCIA 2

Esta Habilidade mede a capacidade de Ade de raciocínio, a memória, a resolução de problemas e o conhecimento geral.

HISTÓRIA: Este foco garante a Ade o conhecimento de acontecimentos, lugares, itens e personalidades importantes do passado.

PERCEPÇÃO 3

Esta é a habilidade de captar e perceber coisas usando os sentidos de Ade.

FORÇA 1

Essa habilidade é a força muscular pura de Ade e sua habilidade de aplicá-la, desde levantar coisas pesadas até feitos de atletismo.

VONTADE 2

Esta habilidade mede o autocontrole, a autodisciplina, a resiliência mental e a confiança de Ade.

AUTODISCIPLINA: Esta habilidade ajuda Ade quando ele está tentando Concentrar sua energia mental ou controlar seus impulsos e emoções.

CASEY KHATRI

"Eu não faria isso se fosse você. Mas aí, se eu fosse você, talvez eu quisesse acabar com a minha existência miserável."

ANTECEDENTE

Seu pai costumava contar uma piada idiota que dizia que a sua família era tão marciana que vocês sangravam vermelho, mas é verdade. Seus ancestrais foram alguns dos primeiros colonizadores do Vale de Mariner, e você foi criada para ter orgulho dessa linhagem e de tudo que Marte esperava alcançar. Apesar das primeiras gerações da sua família serem formadas por técnicos e engenheiros, você sempre foi uma das crianças grandes e fortes, e não houve dúvidas de que você se alistaria na Marinha Marciana. Acontece que os militares mais antigos gostam que suas ordens sejam seguidas e, bom, às vezes você achava que merecia mais. Depois de largar o serviço militar, você tentou trabalhar para a segurança privada nos Planetas Exteriores, tendo basicamente o mesmo resultado que a experiência anterior. Então você decidiu fazer serviços de segurança autônomos em diversas naves, ainda procurando um lugar para pertencer.

DESCRIÇÃO

Você é alta (até mesmo para um marciana) e está em ótima forma, com feições que lembram sua ancestralidade indiana, mas com um com o distinto sotaque próximo ao texano de alguém que foi criado no Vale de Mariner. Você só "sorri" com facilidade e gosta de pensar que é amigável, se as pessoas pudessem perceber que você sabe fazer as coisas acontecerem da forma mais eficiente. Você gosta de passar o tempo se exercitando ou consertando coisas, e o seu conhecimento técnico já te ajudou tanto quanto a sua capacidade de cair na porrada.

Você é uma ex-soldado, boa tanto numa briga quanto em juntar as peças.

CASEY KHATRI

ORIGEM: MARCIANA | **ANTECEDENTE: TRABALHADORA**

CLASSE SOCIAL: BAIXA | **PROFISSÃO: SOLDADO**

3D6 + NÍVEL DE HABILIDADE + BÔNUS DE FOCO (+2) VS. NÚMERO-ALVO

TALENTOS

ESTILO DE AGARRAMENTO — NOVATO

Se falhar em um teste oposto de **Combate (Agarramento)** para evitar ser agarrada, você pode rolar novamente, mas deve manter os resultados da segunda rolagem.

CRIADOR — NOVATO

Você pode usar um foco de **Inteligência (Engenharia)** para fazer qualquer item com as ferramentas e materiais adequados.

ESTILO DESARMADO — NOVATO

Ao atacar desarmada, você causa 1d6 de dano em vez de 1d3.

MOTIVAÇÃO

CONSTRUTOR: Sua qualidade é a organização, ser capaz de descobrir como estruturar as coisas para que funcionem. Sua falha é a teimosia, ficar tão presa à estrutura que perde flexibilidade.

RELACIONAMENTOS

A TRIPULAÇÃO DA SUA NAVE 1: Uma vez por sessão você pode ganhar PF de mesmo número da intensidade de sua Relação para fazer qualquer façanha que seja coerente com a personagem para ajudar outros membros da tripulação da sua nave. Essa escolha é feita depois de um sucesso em uma rolagem.

ATAQUES

ATAQUE	BÔNUS	DANO
Pistola	+2	2d6+1
Desarmado	+5	1d6+1

DEFESA 12 | **DESLOCAMENTO 12** | **RESISTÊNCIA 2**

DEFESA = 10 + DES | **DESLOCAMENTO = 10 + DES** | **RESISTÊNCIA = CON + ARMADURA**

DESTINO 20

CONDIÇÕES

RENDA 2

TESTE DE RENDA = 3D6 + VALOR DE RENDA VS. CUSTO NA

PONTARIA 2

Esta habilidade mede a mira de Casey, sua capacidade de acertar alvos com armas à distância ou de arremesso.

COMUNICAÇÃO 0

Esta habilidade abrange as capacidades sociais de Casey de fazer amigos e influenciar pessoas de forma geral.

CONSTITUIÇÃO 2

Esta habilidade é a saúde geral de Casey, sua fortitude e resistência a danos, doenças e fadiga.

DESTREZA 2

Esta habilidade cobre a ligeireza, agilidade e tempo de reação, afetando a rapidez e a graciosidade com que Casey se move.

COMBATE 3

Esta habilidade é a capacidade e proeza de Casey no combate corpo a corpo, variando de uma briga a empunhar armas.

BRIGA: Este foco garante a Casey proficiência na luta desarmada, desde golpes com as mãos vazias até vários estilos de artes marciais.

INTELIGÊNCIA 0

Esta Habilidade mede a capacidade de Casey de raciocínio, a memória, a resolução de problemas e o conhecimento geral.

ENGENHARIA: Este foco permite a Casey criar, consertar e fazer a manutenção de itens tecnológicos, bem como conhecimento dos princípios e aspectos práticos de seu projeto e desenvolvimento.

PERCEPÇÃO 1

Esta é a habilidade de captar e perceber coisas usando os sentidos de Casey.

FORÇA 3

Esta habilidade é a força muscular pura de Casey e sua habilidade de aplicá-la, desde levantar coisas pesadas até feitos de atletismo.

POTÊNCIA: Este foco permite que Casey demonstre feitos de força bruta, como levantar ou segurar objetos pesados.

VONTADE 1

Esta habilidade mede o autocontrole, a autodisciplina, a resiliência mental e a confiança de Casey.

CHAO ZHANG SOKOLOV

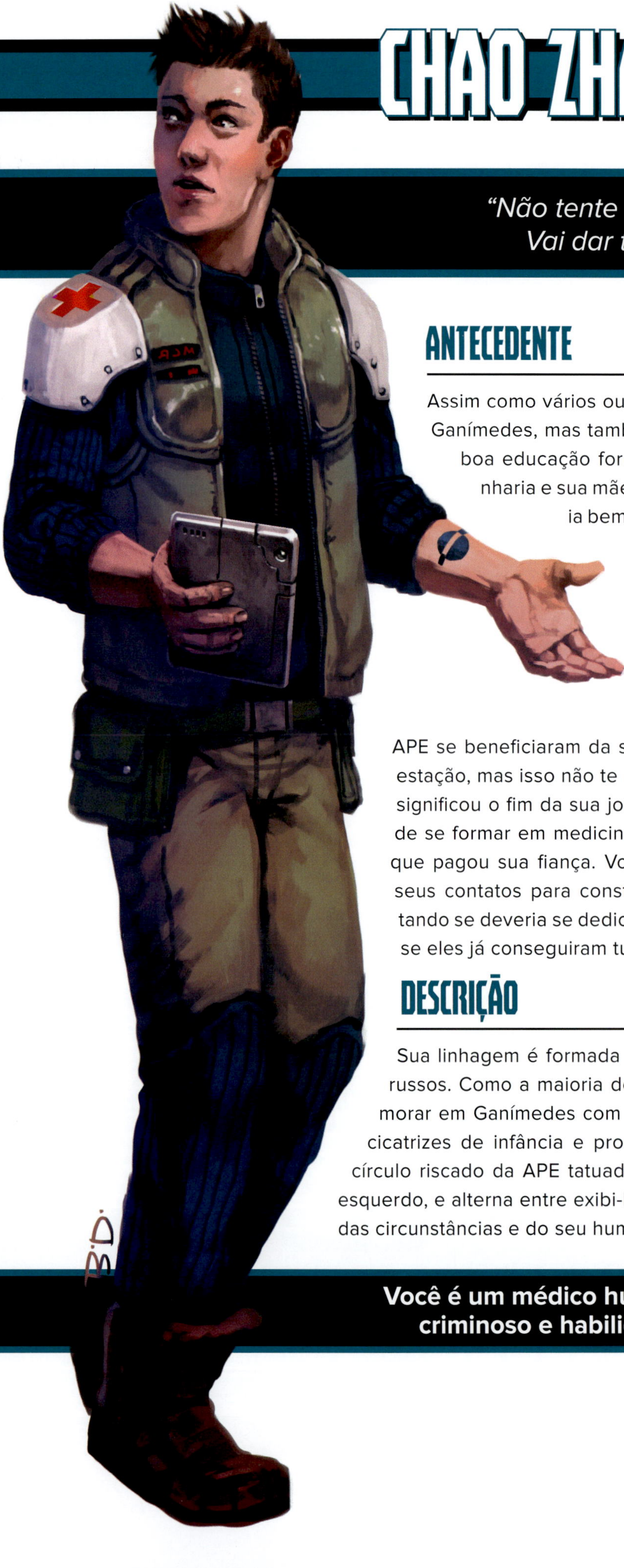

"Não tente se mover, só fique deitado. Vai dar tudo certo, eu prometo."

ANTECEDENTE

Assim como vários outros cinturanos, você nasceu na Estação Ganímedes, mas também foi criado lá. Seus pais tiveram uma boa educação formal, seu pai era um professor de engenharia e sua mãe uma botânica, até ela ficar doente. Você ia bem o suficiente no colégio, mas gastava boa parte do seu tempo em áreas desocupadas da estação. Depois que sua mãe morreu, você e seu pai meio que se afastaram, e você ficou cada vez mais envolvido em causas políticas cinturanas, o que te levou à Aliança de Planetas Exteriores. Seus amigos na APE se beneficiaram da sua facilidade de driblar a segurança da estação, mas isso não te impediu de se meter em problemas. Isso significou o fim da sua jornada na educação superior e do sonho de se formar em medicina, e o seu pai não fala com você desde que pagou sua fiança. Você deixou Ganímedes para trás e usou seus contatos para construir a sua vida no Cinturão se perguntando se deveria se dedicar mais a fundo à causa da APE ou talvez se eles já conseguiram tudo o que queriam de você.

DESCRIÇÃO

Sua linhagem é formada basicamente por chineses, siberianos e russos. Como a maioria dos cinturanos, você é alto e magro, mas morar em Ganímedes com pais com contatos médicos te livrou de cicatrizes de infância e problemas maiores de saúde. Você tem o círculo riscado da APE tatuado na parte de dentro do seu antebraço esquerdo, e alterna entre exibi-la e cobri-la discretamente, dependendo das circunstâncias e do seu humor.

Você é um médico humanitário com um passado criminoso e habilidades que mostram isso.

CHAO ZHANG SOKOLOV

ORIGEM: CINTURANO | **ANTECEDENTE: ERUDITO**

CLASSE SOCIAL: MÉDIA | **PROFISSÃO: ESPECIALISTA**

3D6 + NÍVEL DE HABILIDADE + BÔNUS DE FOCO (+2) VS. NÚMERO-ALVO

TALENTOS

ESPECIALIZAÇÃO (SEGURANÇA) — NOVATO

Você ganha um bônus de +1 para testes de **Inteligência (Segurança)** para enganar ou burlar sensores de segurança.

CONHECIMENTO — NOVATO

Quando você tem sucesso em um teste de **Inteligência** com foco de conhecimento, o mestre deve fornecer uma informação extra sobre o assunto.

MÉDICO — NOVATO

Seu tratamento permite que um paciente adicione +5 a um teste para evitar ou superar um risco médico ou concede ao paciente um novo teste para superar tal risco, se houver. Isso inclui salvar um paciente da morte e reviver um personagem inconsciente.

MOTIVAÇÃO

SAMARITANO: Sua qualidade é a compaixão, sentindo e respondendo naturalmente às necessidades dos outros. Sua falha é o autossacrifício, tendência de colocar as necessidades e até a segurança física dos outros acima das suas.

RELACIONAMENTOS

A TRIPULAÇÃO DA SUA NAVE 1: Uma vez por sessão você pode ganhar PF de mesmo número da intensidade de sua Relação para fazer qualquer façanha que seja coerente com a personagem para ajudar outros membros da tripulação da sua nave. Essa escolha é feita depois de um sucesso em uma rolagem.

ATAQUES

ATAQUE	BÔNUS	DANO
Pistola	+2	2d6+1
Desarmado	+1	1d3+1

DEFESA 12 | **DESLOCAMENTO 12** | **RESISTÊNCIA 0**

DEFESA = 10 + DES | **DESLOCAMENTO = 10 + DES** | **RESISTÊNCIA = CON + ARMADURA**

DESTINO 15

CONDIÇÕES

☐☐☐☐☐
☐☐☐☐☐
☐☐☐☐☐

RENDA 4

TESTE DE RENDA = 3D6 + VALOR DE RENDA VS. CUSTO NA

PONTARIA — 2

Esta habilidade mede a mira de Chao, sua capacidade de acertar alvos com armas à distância ou de arremesso.

COMUNICAÇÃO — 2

Esta habilidade abrange as capacidades sociais de Chao de fazer amigos e influenciar pessoas de forma geral.

CONSTITUIÇÃO — 0

Esta habilidade é a saúde geral de Chao, sua fortitude e resistência a danos, doenças e fadiga.

DESTREZA — 2

Esta habilidade cobre a ligeireza, agilidade e tempo de reação, afetando a rapidez e a graciosidade com que Chao se move.

COMBATE — 1

Esta habilidade é a capacidade e proeza de Chao no combate corpo a corpo, variando de uma briga a empunhar armas.

INTELIGÊNCIA — 3

Esta Habilidade mede a capacidade de Chao de raciocínio, a memória, a resolução de problemas e o conhecimento geral.

MEDICINA: Este foco ajuda Chao a cuidar de doentes e feridos e demonstra seus conhecimentos médicos e anatômicos.
SEGURANÇA: Este foco representa o conhecimento de diferentes dispositivos, sistemas, protocolos e pessoal de segurança de Chao.

PERCEPÇÃO — 1

Esta é a habilidade de captar e perceber coisas usando os sentidos de Chao.

FORÇA — 1

Esta habilidade é a força muscular pura de Chao e sua habilidade de aplicá-la, desde levantar coisas pesadas até feitos de atletismo.

VONTADE — 2

Esta habilidade mede o autocontrole, a autodisciplina, a resiliência mental e a confiança de Chao.

AUTODISCIPLINA: Esta habilidade ajuda Chao quando ele está tentando Concentrar sua energia mental ou controlar seus impulsos e emoções.

IZZY MOON

"Eu tô por dentro das tecnologias, não das pessoas. Eu faço o que eu sei, tu faz o que tu sabe, né?"

ANTECEDENTE

Você nasceu na Ganímedes como a maioria dos cinturanos, mas cresceu numa pequena nave pulando de pedra em pedra no Cinturão, procurando por oportunidades de mineração. Você se sente à vontade com tecnologia desde a infância e demonstra facilidade para isso, que a sua família tentou encorajar o máximo que pôde. Você aprendeu muito por meio de recursos online, downloads e tentativa e erro, mas, ainda assim, o acesso à educação superior era limitada pra uma criança cinturana como você. Em algum momento, você se viu usando suas crescentes habilidades para adquirir informações que precisava ilegalmente. Isso chamou a atenção de certos criminosos, que ficaram mais do que satisfeitos de empregar suas habilidades, e você estava de boa com isso até se preocupar se estava indo longe demais. Atualmente você procura, no geral, permanecer íntegra e encontrar formas de cortar suas antigas relações com o crime organizado, ou ao menos fugir da atenção dele o máximo que puder.

DESCRIÇÃO

Sua linhagem é predominantemente coreana e brasileira, e você tem um corpo comprido e magricela de alguém que nasceu e foi criada em microgravidade. Você costuma se vestir de forma mais confortável e prática do que estilosa, preferindo um macacão de serviço a uma camiseta, por exemplo. Você normalmente tem um kit de ferramentas por perto, além de várias ferramentas pequenas em diversos bolsos.

Você é uma hacker autodidata inteligente que sabe dar um jeito com o que tiver à mão.

IZZY MOON

ORIGEM: CINTURANA

ANTECEDENTE: URBANA (ESTAÇÃO)

CLASSE SOCIAL: BAIXA

PROFISSÃO: TÉCNICA

3D6 + NÍVEL DE HABILIDADE + BÔNUS DE FOCO (+2) VS. NÚMERO-ALVO

TALENTOS

HACKEAR — NOVATO

O mestre pode oferecer uma informação adicional em testes de Inteligência envolvendo tecnologia e usar o foco de **Inteligência (Tecnologia)** para investigar.

IMPROVISAÇÃO — NOVATO

Você pode fazer um teste de habilidade que exija um foco específico, mesmo se não tiver tal foco.

ENGODO — NOVATO

Você pode fazer um teste de **Comunicação** oposto pela **Vontade (Autodisciplina)** de um oponente. Se você tiver sucesso, seu oponente não pode realizar façanhas até o final do seu próximo turno.

MOTIVAÇÃO

REBELDE: Sua qualidade é a inovação, a capacidade de ver as coisas de ângulos que ninguém mais considerou. Sua falha é a desobediência, uma aversão à conformidade, convencionalidade e fazer o que é mandado.

RELACIONAMENTOS

A TRIPULAÇÃO DA SUA NAVE 1: Uma vez por sessão você pode ganhar PF de mesmo número da intensidade de sua Relação para fazer qualquer façanha que seja coerente com a personagem para ajudar outros membros da tripulação da sua nave. Essa escolha é feita depois de um sucesso em uma rolagem.

ATAQUES

ATAQUE	BÔNUS	DANO
Pistola	+2	2d6+1
Desarmado	+1	1d3+1

DEFESA 13 | **DESLOCAMENTO** 13 | **RESISTÊNCIA** 0

DEFESA = 10 + DES   DESLOCAMENTO = 10 + DES   RESISTÊNCIA = CON + ARMADURA

DESTINO 15

CONDIÇÕES

☐☐☐☐☐
☐☐☐☐☐
☐☐☐☐☐

RENDA 2

TESTE DE RENDA = 3D6 + VALOR DE RENDA VS. CUSTO NA

PONTARIA 3

Esta habilidade mede a mira de Izzy, sua capacidade de acertar alvos com armas à distância ou de arremesso.

COMUNICAÇÃO 1

Esta habilidade abrange as capacidades sociais de Izzy de fazer amigos e influenciar pessoas de forma geral.

CONSTITUIÇÃO 0

Esta habilidade é a saúde geral de Izzy, sua fortitude e resistência a danos, doenças e fadiga.

DESTREZA 3

Esta habilidade cobre a ligeireza, agilidade e tempo de reação, afetando a rapidez e a graciosidade com que Izzy se move.

COMBATE 1

Esta habilidade é a capacidade e proeza de Izzy no combate corpo a corpo, variando de uma briga a empunhar armas.

INTELIGÊNCIA 3

Esta Habilidade mede a capacidade de Izzy de raciocínio, a memória, a resolução de problemas e o conhecimento geral.

TECNOLOGIA: Esse foco garante a Izzy o conhecimento de criação e operação da tecnologia, especialmente computadores.

PERCEPÇÃO 1

Esta é a habilidade de captar e perceber coisas usando os sentidos de Izzy.

FORÇA 1

Esta habilidade é a força muscular pura de Izzy e sua habilidade de aplicá-la, desde levantar coisas pesadas até feitos de atletismo.

VONTADE 2

Esta habilidade mede o autocontrole, a autodisciplina, a resiliência mental e a confiança de Izzy.

NICO VELEZ

"Segura firme!
Tá na hora de umas manobras!"

ANTECEDENTE

Assim como bilhões de outras pessoas na Terra, sua família vivia de Assistência Básica, morando em uma das casas subsidiadas pelo governo na vasta região de Brasília na Zona de Interesse Comum da América do Sul. Você entrou na Marinha das Nações Unidas como uma forma de deixar aquela vida para trás e treinar para se tornar uma piloto. Porém, o rigoroso estilo de vida militar não servia para você. Você conseguiu não ser expulsa (por pouco), mas também não estava se esforçando para participar de outra missão. Você pegou seu dinheiro e suas habilidades e partiu para o Cinturão. Atualmente, a maioria das naves que você pilota não são tão gostosas como as militares cheias de tecnologia de ponta, mas o que importa é que você continua pilotando.

DESCRIÇÃO

Na Terra, você era considerada um pouquinho mais baixa do que a média, o que ficou ainda mais evidente em comparação com a altura média dos cinturanos e até mesmo marcianos. Você é negra e esguia, tem mãos habilidosas e alguns já disseram que seus olhos castanho-escuro são "ardentes". Você usa um corte de cabelo militar, um hábito que manteve porque funciona bem em uma vida de naves e estações espaciais.

Você é uma piloto cínica, treinada pela Marinha das Nações Unidas, mas que não se encaixa na vida militar.

NICO VELEZ

ORIGEM: TERRÁQUEA | **ANTECEDENTE: MILITAR**

CLASSE SOCIAL: MÉDIA | **PROFISSÃO: PILOTO**

3D6 + NÍVEL DE HABILIDADE + BÔNUS DE FOCO [+2] VS. NÚMERO-ALVO

TALENTOS

À MARGEM — NOVATO

Outros personagens sofrem uma penalidade de –2 em testes para encontrar informações sobre você ou suas atividades.

PILOTO — NOVATO

Dar a partida em um veículo é uma ação livre, e você pode realizar um teste de **Destreza (Condução** ou **Pilotagem)** como uma ação menor.

ESTILO DE PISTOLA — NOVATO

Você ganha um bônus de +1 no dano com pistolas contra alvos a até 6 metros.

MOTIVAÇÃO

SOBREVIVENTE: Sua qualidade é Preparação: você sobrevive estando pronta para qualquer coisa. Sua Falha é Cinismo: você está sempre antecipando e se preparando para o pior.

RELACIONAMENTOS

A TRIPULAÇÃO DA SUA NAVE 1: Uma vez por sessão você pode ganhar PF de mesmo número da intensidade de sua Relação para fazer qualquer façanha que seja coerente com a personagem para ajudar outros membros da tripulação da sua nave. Essa escolha é feita depois de um sucesso em uma rolagem.

ATAQUES

ATAQUE	BÔNUS	DANO
Pistola	+4	2d6+2
Desarmado	+2	1d6+3

DEFESA 13 | **DESLOCAMENTO 13** | **RESISTÊNCIA 1**

DEFESA = 10 + DES   DESLOCAMENTO = 10 + DES   RESISTÊNCIA = CON + ARMADURA

DESTINO 20

CONDIÇÕES

☐☐☐☐☐
☐☐☐☐☐
☐☐☐☐☐
☐☐☐☐☐

RENDA 4

TESTE DE RENDA = 3D6 + VALOR DE RENDA VS. CUSTO NA

PONTARIA 2

Esta habilidade mede a mira de Nico, sua capacidade de acertar alvos com armas à distância ou de arremesso.

PISTOLAS: Este foco mostra a proficiência de Nico com armas balísticas de punho simples e cano curto.

COMUNICAÇÃO 0

Esta habilidade abrange as capacidades sociais de Nico de fazer amigos e influenciar pessoas de forma geral.

CONSTITUIÇÃO 1

Esta habilidade é a saúde geral de Nico, sua fortitude e resistência a danos, doenças e fadiga.

DESTREZA 3

Esta habilidade cobre a ligeireza, agilidade e tempo de reação, afetando a rapidez e a graciosidade com que Nico se move.

PILOTAGEM: Este foco ajuda a Nico a operar veículos que se movem em três dimensões, como aeronaves, drones e espaçonaves.

COMBATE 2

Esta habilidade é a capacidade e proeza de Nico no combate corpo a corpo, variando de uma briga a empunhar armas.

INTELIGÊNCIA 1

Esta Habilidade mede a capacidade de Nico de raciocínio, a memória, a resolução de problemas e o conhecimento geral.

PERCEPÇÃO 2

Esta habilidade é a habilidade de captar e perceber coisas usando os sentidos de Nico.

PROCURAR: Este foco ajuda Nico a encontrar coisas que estão ocultas ou obscurecidas, como compartimentos ocultos.

FORÇA 1

Essa habilidade é a força muscular pura de Nico e sua habilidade de aplicá-la, desde levantar coisas pesadas até feitos de atletismo.

VONTADE 1

Esta habilidade mede o autocontrole, a autodisciplina, a resiliência mental e a confiança de Nico.

THE EXPANSE RPG

APARÊNCIA FÍSICA

NOME

ORIGEM

ANTECEDENTE

CLASSE SOCIAL

PROFISSÃO

MOTIVAÇÃO

DESLOCAMENTO	DEFESA	RESISTÊNCIA	ARMADURA	PENALIDADE

TIPOS DE ARMADURA

Habilidade	Foco	Valor
PONTARIA	❑	VALOR
COMUNICAÇÃO	❑	VALOR
CONSTITUIÇÃO	❑	VALOR
DESTREZA	❑	VALOR
COMBATE	❑	VALOR
INTELIGÊNCIA	❑	VALOR
PERCEPÇÃO	❑	VALOR
FORÇA	❑	VALOR
VONTADE	❑	VALOR

TALENTOS E ESPECIALIZAÇÕES

RELACIONAMENTOS

CONDIÇÕES

- ❑ CEGO
- ❑ SURDO
- ❑ MORRENDO
- ❑ EXAUSTO
- ❑ FATIGADO
- ❑ EM QUEDA LIVRE
- ❑ INDEFESO
- ❑ RESTRINGIDO
- ❑ FERIDO
- ❑ CAÍDO
- ❑ DETIDO
- ❑ INCONSCIENTE
- ❑ MACHUCADO

EQUIPAMENTOS

OBJETIVOS

EXPERIÊNCIA

RENDA

ARMA	ATAQUE

GRUPOS DE ARMAS